Ce livre a obtenu le Prix Lire en Poche
de littérature jeunesse 2013 de Gradignan.

© Éditions Nathan (Paris, France), 2005, pour la première édition
© Éditions Nathan (Paris, France), 2012, pour la présente édition
Conforme à la loi n°49 956 du 16 juillet 1949
sur les publications destinées à la jeunesse
ISBN 978-2-09-254159-3

LE FANTÔME
À LA MAIN ROUGE

Hélène Montardre
Illustrations de Hervé Duphot

Nathan

Chapitre 1

En route !

— Et mon nounours ? Je le prends mon nounours ? a hurlé Gégé.

Évidemment, personne n'a répondu.

Mais Gégé, c'est plutôt le genre têtu. Il s'est planté devant moi et a répété, encore plus fort :

— Et mon nounours, Morgane, je le prends ?

J'ai levé les yeux au ciel. Un nounours… Comme si on n'avait rien de plus important à penser. J'ai soupiré :

— C'est comme tu veux, Gégé.

— Sans mon nounours, je peux pas dormir, a bougonné Gégé.

Je me suis bien gardée d'intervenir.

— Mais si je l'emmène, je risque de le perdre, a-t-il ajouté. Et alors là, je ne pourrai plus jamais dormir.

J'ai failli lui dire que je n'en avais rien à faire de son nounours et que, de toute façon, il nous ressortait toujours le même discours chaque fois qu'on allait quelque part. Puis je me suis rappelé ce que dit toujours maman : « Il est encore petit, Gégé, il n'a que sept ans. »

J'ai considéré mon frère : c'est vrai qu'il avait l'air petit avec sa mine ahurie, ses taches de rousseur et ses lunettes. N'empêche que moi, quand j'avais sept ans, maman disait : « Tu es grande, Morgane, tu as sept ans ! » Allez donc y comprendre quelque chose…

J'ai soupiré et j'ai dit :

— Prends-le, Gégé. Tu te sentiras plus tranquille.

En route !

— Bon, alors, vous y êtes ? a dit Ludo en faisant irruption dans la pièce.

Ludo, c'est notre cousin. Il a dix ans, comme moi. Mais il est un peu jaloux, car des deux, c'est moi la plus grande. Alors, il joue aux hommes, pour se donner des airs.

J'ai posé sur lui un regard critique. Ludo avait revêtu ce qu'il pensait sans doute être une tenue de circonstance : un treillis kaki avec deux grandes poches plaquées sur les genoux, un grand tee-shirt noir orné d'une tête de lion et des rangers. Pour compléter le tout, il avait noué autour de son front et de ses boucles brunes un bandana rouge.

— En tout cas, toi, tu es prêt, ai-je remarqué avec un sourire narquois. Et la check-list, tu l'as ?

— La quoi ?

— La check-list ! La liste, quoi ! Pour voir si on a tout.

— Ah ! Oui…

Il a sorti un morceau de papier chiffonné de sa poche et a commencé à énumérer : sac de couchage, sandwich, lampe de poche, gourde, poncho… Je l'ai interrompu :

— Il ne pleuvra pas.

— On ne sait jamais. Poncho, biscuits, jeu de cartes, livre…

— Oreiller ! a jeté Gégé.

— Oreiller ! a soupiré Ludo.

Je l'ai regardé :

— Tu es sûr que c'est une bonne idée d'aller là-bas ?

— Pourquoi ? Tu as peur ?

Il le sait, Ludo, qu'il ne faut pas me parler comme ça. J'ai haussé les épaules.

— Non, bien sûr, mais c'est pour tes parents.

— Mes parents, ils vont passer la nuit chez la sœur de papa et ils n'en sauront jamais rien.

— Justement, c'est pas sympa. Ils nous font confiance. Et puis si tu dis que ce n'est pas dangereux, on aurait pu leur demander la permission et y aller un soir où ils étaient là.

— Avec des raisonnements comme ça, on ne ferait jamais rien. Et puis d'abord, la pleine lune, c'est ce soir. La prochaine, c'est dans un mois, et dans un mois, vous ne serez plus là.

Ça, c'était un argument.

— OK, on y va, ai-je décidé. Gégé, tu es prêt ?

Question vestimentaire, Gégé avait fait sobre, comme moi : un jean, un tee-shirt marine et des baskets. Les pulls, ils étaient pliés dans le sac.

— Plus qu'à mettre mon nounours dans la petite poche, a marmonné mon frère.

Gégé a coincé l'oreille de sa peluche avec la boucle de son sac à dos, hissé celui-ci sur ses épaules et déclaré :

— Ça y est.

Il avait fière allure, mon petit frère, à ce moment-là.

Nous sommes sortis dans la cour. Ludo a tiré la porte, donné un tour de clé et placé celle-ci dans la cachette.

Nous nous sommes engagés sur le chemin. La lumière était belle. Tout l'or d'une soirée d'été mêlé au bleu du ciel et au vert des bois. Au loin, sur l'horizon, au faîte de la plus haute des collines, les Cornes se dressaient au-dessus de la forêt.

Comme une menace.

Chapitre 2
Drôle de rencontre

Sous le couvert des arbres, il faisait beaucoup plus sombre. Même Ludo, qui jusque-là avait avancé d'un air très assuré, a ralenti le pas. Je suis passée devant en lui lançant :

— Tu as peur ?

Il n'a pas répondu.

Sur la gauche, en contrebas, une branche a craqué. Je me suis obligée à ne pas sursauter. Dans les bois, il y a toujours des bruits bizarres, il ne faut pas y prêter attention.

Le chemin montait en lacets. « C'est facile, c'est toujours tout droit, avait dit Ludo. En haut, le chemin s'arrête et c'est le château. »

Les Cornes. Cela faisait dix jours que nous étions là, Gégé et moi, mais nous n'y étions pas encore allés. Pourtant, Ludo n'arrêtait pas d'en parler. Lui, il vient dans le coin depuis qu'il est tout petit. Alors pour l'emploi du temps, c'est lui qui décide. Normal. Gégé et moi, on s'y serait bien rendus en plein jour aux Cornes. Mais avec Ludo, pas moyen. « Non, non. Un truc pareil, il faut une occasion. On n'y va pas comme ça », disait-il.

— Mais c'est quoi, les Cornes ? demandait Gégé.

— Un château fort, mon petit vieux. Un vrai, avec un donjon, des oubliettes et tout…

— Un pont-levis ?

— Non, il n'y est plus.

— Ah…

J'avais senti une déception dans la voix de mon frère, mais il n'avait pas insisté et Ludo avait continué :

— Vous verrez, il faut y aller le soir, quand le soleil descend. C'est superbe.

Et voilà ; on y était.

Un instant, j'ai pensé à mon oncle et ma tante. Ils nous croyaient sagement à la maison, devant la télé, et nous… on allait passer la nuit au sommet du donjon des Cornes. J'ai frissonné délicieusement. Après tout, Ludo l'avait bien fait avec son grand frère l'année précédente – en tout cas, c'est ce qu'il avait affirmé. Alors, pourquoi pas nous…

— Attendez-moi ! Attendez-moi !

Il m'a semblé que la voix de Gégé était très loin tout à coup.

— Morgane, tu devrais ralentir, a dit Ludo. Ton frère ne peut pas suivre.

J'ai crié en essayant de prendre un ton ferme :

— Gégé ! On est là !

Mais je sentais bien un tout petit tremblement au fond de ma gorge.

— T'en fais pas, on y est presque ! a dit Ludo. Là-haut, il fera plus clair.

— Morgane !

Cette fois, dans la voix de mon frère, il y avait de la peur.

— Gégé ! Qu'est-ce que tu fais ! Avance, on t'attend !

— Morga-a-a-a-a-a-a-ane !

Ce n'était plus de la peur, mais une vraie panique.

Sans plus réfléchir, Ludo et moi avons fait demi-tour.

Mais de l'autre côté du virage, personne.

— Il doit être plus bas, a soufflé Ludo.

— Vite !

Nous nous sommes mis à courir jusqu'au lacet suivant et là… nous nous sommes arrêtés, figés sur place.

Gégé était debout au milieu du chemin, cloué au sol. Jamais je ne l'avais vu aussi blanc. Mais il y avait de quoi : en face de lui, bien planté sur ses quatre pattes velues, une énorme bête grondait.

— Un loup… ai-je murmuré.

Chapitre 3
La main rouge

Ludo a pouffé.

— Un loup ! Ma pauvre fille, tu te crois encore au Moyen Âge ?

Ça, s'il y a un truc que je n'aime pas, c'est que Ludo m'appelle « ma pauvre fille ». D'abord, je ne suis pas à lui ; ensuite, je ne suis pas pauvre et en plus, ça m'exaspère.

— Eh bien si tu es malin, fais quelque chose avant que ce… ce… cette bête ne saute sur Gégé.

En réalité, c'est plutôt moi qui étais prête à sauter sur Ludo, mais vu l'urgence de la situation, j'ai préféré me retenir.

Ludo s'est accroupi et a commencé à siffler doucement, puis à appeler :

— Le chien ! Le chien !

Un chien ! Cette bête énorme avec des yeux dorés ! Il divaguait, Ludo !

Mais mon cousin a continué :

— Alors, gros bêta, tu t'es encore sauvé ?

L'animal s'est tourné vers lui en gémissant et est venu se tapir à ses pieds. J'ai demandé :

— C'est qui, lui ?

— Lui, c'est le chien du Toine.

— Le chien du Toine ! Il n'a pas de nom ?

J'avais retrouvé tout mon aplomb et j'étais bien décidée à ne pas m'en laisser conter.

— Non, a reconnu Ludo. Le Toine l'appelle le chien et tous les autres, le chien du Toine.

J'ai levé les yeux au ciel. Quel pays !

Et Gégé, dans tout ça ? Remis de sa frayeur, il s'approcha et tendit une main timide vers le chien.

— On peut le caresser ?

— Bien sûr qu'on peut le caresser ! Je ne connais pas de bête plus brave que lui. Je ne comprends pas pourquoi tu as eu si peur…

— J'aurais voulu t'y voir ! Il est sorti du bois comme ça, d'un coup…

— Bon, ça va ! ai-je coupé. On ne va pas refaire l'histoire. On fait quoi maintenant avec ce chien ?

— Ben… a commencé Ludo en hésitant, faudrait le ramener…

— Ça va pas, non ? Il fait presque nuit et on n'est pas encore en haut. On ne va pas perdre du temps à redescendre cette bête !

— Emmenons-le ! a proposé Gégé. Un chien comme ça, c'est presque aussi bien qu'un nounours !

J'ai regardé Ludo. Bien sûr, il aurait préféré avoir cette idée lui-même.

— OK, a-t-il lancé d'un air condescendant. On l'emmène.

Maintenant, le chien courait joyeusement devant nous et finalement tout le monde se sentait bien plus rassuré. Gégé trottinait pour ne pas se laisser distancer. Ludo avait bien réaffirmé l'absence totale de loups dans les bois des Cornes, mais on ne sait jamais ; et pourquoi prendre des risques inutiles ?

Tout d'un coup, au détour du dernier lacet, le château est apparu.

— Ouahou ! a fait Gégé.

Je n'ai rien dit. Moi, je suis comme ça. Quand je me trouve devant quelque chose de vraiment beau ou de spectaculaire, je me tais. C'est ma façon à moi de profiter des choses.

— Ouah ! Tu as vu, Morgane ? C'est super ! Un vrai château ! Regarde les murs, et ce ravin ! Et là-haut, il y a encore des créneaux ! Ouahou ! Comment on y va ?

Gégé, c'est l'inverse de moi. Il n'en finit jamais de se répandre en commentaires parfaitement sans intérêt.

Ludo avait le triomphe modeste. Là, il avait bien réussi son coup. Le soleil descendait derrière les collines arrosant d'or les pierres usées, et nous, les petits cousins de la ville, nous restions plantés là, médusés. Il était temps que je me reprenne :

— Bon, on y va ? Sinon, on ne sera jamais installés avant la nuit.

— Venez, c'est par là.

Ludo nous a conduits vers un éboulis qui donnait accès, par une brèche dans les murs, à la cour intérieure du château.

Gégé était intarissable :

— C'est rudement grand, dis donc ! On va explorer tout ça, pas vrai ?

— Demain, a jeté Ludo. Pour l'instant, on investit le donjon !

Mais Gégé, quand il a une idée en tête, ce n'est pas très facile de le faire changer d'avis. Il s'est engagé résolument parmi les blocs de pierres qui parsemaient l'intérieur de la cour et a désigné une haute tour carrée :

— Et ça, c'était quoi ?

— Demain, Gégé, demain, a dit Ludo, impatient.

— Attends, quoi ! Juste une minute ! Oh ! Dis donc, tu as vu, autrefois, on devait pouvoir y passer sous cette tour… Et à cheval, même ! Peut-être qu'il était là, le pont-levis. Tu le sais, toi, Ludo ?

— Oui ! Mais demain. On a assez perdu de temps comme ça. Maintenant, il faut s'installer.

— Bon, bon, a grogné Gégé en revenant vers nous. Mais quand même, tu pourrais me dire…

Pendant tout ce temps-là, le chien avait tourné dans la cour en furetant un peu partout. Soudain, il s'est assis au pied d'un mur et a levé la tête en lançant un bref aboiement.

J'ai vu les yeux de mon frère se porter dans la même direction et s'arrondir de surprise. Il a pâli, a reculé de deux pas et a tendu le bras :

— Oh ! Regardez !

Ludo et moi avons suivi son geste d'un même mouvement.

Ce que j'ai vu d'abord, c'est l'inscription. Des chiffres romains : XIII-VII-MCCC.

Je l'ai gravée dans ma mémoire sans trop savoir pourquoi. Mais ce n'était pas cela qui avait attiré l'attention de mon frère. Non. Ce que les rayons du soleil couchant éclairaient, c'était la trace d'une main ouverte, laissée sur le mur, juste à côté de l'inscription, à plusieurs mètres de hauteur au-dessus du vide.

Une empreinte couleur de sang.

— Ça alors ! a murmuré Ludo. La main rouge…

Chapitre 4
L'oubliette

J'ai haussé les épaules.

— Si c'est encore une de tes blagues, ça ne prend pas, mon vieux. C'est quoi, ce truc ?

— Alors là, je t'assure, ce n'est pas une blague. Je suis souvent venu ici et cette marque, je ne l'ai jamais vue…

J'ai ironisé :

— Alors, il y a quelqu'un dans le secteur qui se balade avec une échelle, un pochoir en forme de main et un pot de peinture rouge…

— Rigole pas, a dit Ludo. Ce château, il a une histoire.

— Celle de la main rouge ? a suggéré Gégé.

Ludo a hoché la tête.

— Oui, mais j'ai toujours cru que c'était une légende…

— Bon, arrête d'essayer de nous flanquer la trouille, tu vois bien que ça ne marche pas. Montons plutôt nous installer, tu nous raconteras ça en mangeant.

— Euh… Oui…

Reprenant de l'assurance, Ludo s'est dirigé vers un escalier en bois accolé à une grosse tour ronde. J'ai levé la tête. Une ouverture était pratiquée dans le mur, à environ six mètres au-dessus du sol.

— Vous voyez, a expliqué Ludo, autrefois il n'y avait qu'une échelle en bois pour y accéder. En cas d'attaque, les habitants se réfugiaient là-haut, tiraient l'échelle, fermaient la porte, et hop ! plus personne ne pouvait entrer.

— Génial ! a soufflé Gégé.

— Ils sont sympas d'avoir mis un escalier, ai-je fait remarquer.

— Oui, c'est pour les touristes.

Nous avons suivi Ludo à l'assaut du donjon.

— Attention à l'oubliette ! a crié celui-ci avant de franchir le seuil.

— À quoi ? a demandé Gégé.

J'ai répété :

— À l'oubliette.

— Une oubliette ! Où ça ? Où ça ?

— Ici, a dit Ludo d'une voix caverneuse.

À l'intérieur, on n'y voyait goutte.

— Attendez une minute, vos yeux vont s'habituer à l'obscurité, a dit Ludo.

Sa voix résonnait curieusement dans la petite pièce nue et parfaitement ronde. Peu à peu, j'ai réussi à distinguer les murs, une ouverture noire et étroite et, à nos pieds, un orifice carré fermé d'une grille.

— C'est profond ? a murmuré Gégé.

— Pas très. On raconte qu'autrefois, c'était le départ d'un souterrain. Les habitants pouvaient s'enfuir par là en cas de siège prolongé. Il se serait bouché quand le seigneur a essayé de s'enfuir.

— Quel seigneur ? Et pourquoi il voulait s'enfuir ?

— Gégé, tais-toi un peu, tu nous fatigues à force.

— Ça, ça a un rapport avec la main rouge, a fait Ludo. Montons. Quand nous serons installés, je vous raconterai l'histoire.

— Et le chien ? ai-je demandé. Où il est passé, celui-là ?

— Tiens, c'est vrai, ça !

Ludo s'est penché vers l'extérieur. Il a marmonné :

— C'est bizarre.

— Qu'est-ce qu'il y a ?

— Viens voir.

Je l'ai rejoint.

Le chien du Toine tournait autour de l'escalier en gémissant.

— Qu'est-ce qu'il a ?

— J'en sais rien.

Ludo appela :

— Le chien ! Le chien ! Allez, viens !

Mais le chien ne se décidait pas à poser la première patte sur l'escalier. Il levait la tête vers nous d'un air implorant.

— On dirait qu'il veut nous dire quelque chose, ai-je murmuré.

— Tu es dingue ! Il ne sait pas monter les marches, c'est tout !

Soudain, le chien a rejeté la tête en arrière et poussé un long hurlement. J'ai frissonné de la tête aux pieds.

— Pou… Pourquoi il fait ça ? a bégayé Ludo.

J'ai secoué la tête et j'ai réussi à articuler :

— Regarde, il s'en va.

En effet, le chien bondissait parmi les éboulis.

En quelques secondes, il avait quitté l'enceinte du château.

Chapitre 5
Pleine lune

— C'était quoi, ce hurlement ? a demandé Gégé qui était resté à l'intérieur.

— Rien, ai-je fait rapidement. Le chien ne sait pas monter les escaliers, alors il est parti.

— Ah bon.

Ludo m'a jeté un bref coup d'œil et a repris la direction des opérations.

— L'escalier est là, a-t-il indiqué en se dirigeant vers la petite ouverture que j'avais remarquée.

Attention, baissez la tête, c'est très bas, étroit et les marches sont usées.

— Tu as vu ça, Morgane ? L'escalier, il est taillé dans le mur ! C'est dingue !

— Oui, Gégé. Fais attention où tu mets les pieds.

L'escalier grimpait en tournant jusqu'au sommet du donjon avant de déboucher en plein air sur une plate-forme dallée.

Sitôt sorti, Gégé s'est précipité vers le parapet. J'ai hurlé :

— Gégé ! Te penche pas !

— Je me penche pas, je regarde, a répliqué Gégé enthousiaste. On voit tout de là ! Tu te rends compte comme c'est haut !

— Oui, mais fais attention.

Je ne sais pas pourquoi, mais l'altitude et le vide au-dessous, ça me donne toujours un creux à l'estomac. Néanmoins, j'ai rejoint mon frère pour constater :

— Dis donc, c'est drôlement isolé, ici.

— Qu'est-ce que tu crois, a répliqué Ludo avec fierté, les seigneurs, autrefois, ils savaient ce qu'ils faisaient ! La première maison à la ronde, c'est celle du Toine, à trois kilomètres d'ici, en bas, dans les bois.

— Et le village ?

Ludo a tendu le bras vers une mosaïque de toits rouges d'où émergeait un clocher pointu.

— Là-bas !

J'ai montré à mon tour une autre direction :

— Et ça, c'est quoi ?

— Quoi, ça ?

— Ça, là-bas, complètement de l'autre côté. Tu vois, le grand pré… On dirait des tentes…

— Ah ! Ce doit être le campement du film…

Gégé l'a interrompu :

— Le film ? Quel film ?

— Tu sais bien, papa et maman en parlaient l'autre soir…

— Non, Gégé était déjà au lit quand tes parents en ont parlé. Tu veux dire ce truc qu'ils sont en train de tourner sur le Moyen Âge ?

— Oui. D'ailleurs, ils veulent utiliser le château pour certaines scènes. Et là-bas, ils ont reconstitué tout un camp de soldats. Faudra qu'on y aille un de ces jours. Ça doit être marrant.

— On se met où ? a demandé Gégé.

Toujours l'esprit pratique, il avait posé son sac et, son nounours serré contre lui, il suçait ses doigts.

— Gégé, arrête de sucer tes doigts, ai-je dit.

— On s'installe où on veut, a dit Ludo. De toute façon, on ne sera pas gênés par les voisins.

Il a posé son sac et a commencé à déballer ses affaires.

— On n'y voit plus grand-chose, a-t-il bougonné.

C'est vrai que cela faisait déjà un moment que le soleil avait disparu et, petit à petit, l'obscurité gagnait sur la plaine environnante et la forêt qui enserrait le château.

Cette fois-ci, on y était vraiment. Même s'il avait fallu rentrer, aurions-nous eu le courage de retraverser les bois dans le noir ?

Ludo a allumé sa lampe et l'a accolée contre le parapet. Aussitôt, la plate-forme s'est faite plus rassurante.

— Voilà, a-t-il dit. On va économiser les lampes. D'abord la mienne, et vous, gardez les vôtres pour plus tard. Et maintenant, à table !

— Et cette histoire de seigneur, c'est quoi ? a interrogé Gégé en mâchouillant son sandwich.

— Une histoire terrrrrrrible ! a fait Ludo en roulant les r.

— Ludo, n'en rajoute pas, c'est pas la peine, ai-je dit.

— Ben quoi, on peut bien rigoler !

— Raconte plutôt.

— Alors voilà, il y avait un seigneur qui régnait sur les Cornes. Il était épouvantablement méchant. Il tuait, pillait, violait, saccageait les récoltes et ne protégeait même pas ses vassaux. Alors un jour, les habitants en ont eu marre et ils ont appelé les brigands à l'aide…

— Quels brigands ? a demandé Gégé.

J'ai regardé mon petit frère en souriant. Deux doigts dans la bouche, il ne quittait plus notre cousin des yeux. Je n'ai pas eu le courage de lui lancer, pour la mille six cent quatre-vingtième fois :

« Gégé, ôte les doigts de ta bouche ! » Il avait toujours aimé les histoires, mon petit frère, et encore plus celles qui se passent au Moyen Âge. Et là, il était servi. Nous avions éteint la lampe « pour économiser les piles », avait dit Ludo, et à présent il faisait nuit noire. Mais au-dessus de nos têtes, le ciel était rempli d'étoiles et, bientôt, la pleine lune allait se lever.

« On y verra comme en plein jour », avait assuré Ludo. Au sommet de notre donjon, bien au chaud dans nos duvets, avec toute la terre à nos pieds, nous ne craignions plus rien.

— Les brigands, Gégé ! reprit Ludo. À l'époque, il y en avait partout. Ils se tenaient dans des grottes au fond des forêts et quand ils avaient besoin, crac ! ils sortaient et déboulaient pour piller les riches.

— Mais là, c'est les pauvres qui les avaient appelés.

— Oui, pour tuer le seigneur et piller le château.

— Et ils l'ont fait ?

— Bien sûr qu'ils l'ont fait ! C'était une nuit de juillet 1300, une nuit de pleine lune, tiens, comme maintenant. Regardez !

Ludo a tendu le bras : de derrière les collines, le disque de la lune s'élevait peu à peu dans le ciel.

— Elle est énorme ! a murmuré Gégé.

— Elle va vite, ai-je fait, étonnée.

Sous nos yeux, la lune se dégageait peu à peu de la ligne sombre des collines. Un tiers, la moitié, les trois quarts… La bouche ouverte, Gégé fixait le spectacle. Un délicieux frisson me parcourait. C'était d'une incroyable beauté. Pas un bruit, pas une lumière. Juste la lune qui franchit enfin la crête sombre pour s'élever victorieusement vers l'infinie obscurité du ciel.

— C'est normal que ça aille si vite ? a interrogé Gégé d'une toute petite voix.

— Je ne sais pas, a répliqué Ludo d'un air grave.

Puis il a repris le fil de son récit.

— Cette nuit de juillet 1300, les brigands guettaient eux aussi la pleine lune qui montait dans le ciel. Ils s'étaient tapis sous les arbres et attendaient le signal pour agir et soudain…

AAAAAAHHHHH ! ! !

Ludo a poussé un hurlement à nous glacer le sang.

J'ai sauté sur mes pieds et j'ai bondi sur la lampe.

— Qu'est-ce qu'il y a ? Qu'est-ce qu'il y a ? bredouillait Gégé.

Chapitre 6
La nuit des brigands

J'ai braqué le faisceau lumineux sur le visage de mon cousin et je me suis exclamée :

— Ludo !

Ludo était en train de rire à en perdre haleine.

— Non mais t'es dingue ou quoi ! ai-je fait en lui flanquant un coup de pied dans les jambes.

— Pourquoi il rit ? Pourquoi il a crié ? a demandé Gégé.

Toujours aussi ahuri celui-là !

— Tu vois bien qu'il se moque de nous !

— Et ça marche ! a dit Ludo qui avait du mal à reprendre son souffle. Je vous ai bien eus, hein ?

Il se frotta les jambes :

— Ouille ! Tu m'as fait mal.

— Pas assez ! ai-je grondé.

— Mais tu as hurlé juste pour nous faire peur ? a demandé Gégé qui décidément n'avait rien compris.

— Mais non ! J'ai hurlé comme l'a fait le chef des brigands pour donner le signal de l'attaque. Tout pareil. Et je peux te dire que ça a bougrement résonné dans les bois.

— Dans les bois ? a répété Gégé en ouvrant de grands yeux.

— Dans les bois, Gégé, a confirmé Ludo gravement. À l'époque, la colline était couverte d'une forêt encore plus épaisse et touffue que celle d'aujourd'hui. Les brigands s'étaient faufilés sous les arbres, sans un bruit, évitant tous les chemins. Sur la tour où nous sommes, il y avait des gardes qui fouillaient la nuit du regard. Mais ils n'ont rien vu. Quand la lune a été à cette hauteur…

Ludo a tendu le bras vers le disque scintillant qui poursuivait son ascension. Gégé a levé la tête. J'ai souri. Mon cousin était un véritable metteur en scène ; il savait ménager ses effets.

Ludo a repris :

— Quand la lune a été à cette hauteur, les brigands étaient au pied du château. Alors, ils ont allumé des torches, ils sont sortis du bois et se sont avancés vers les murailles. Imagine, Gégé, les soldats ne les ont découverts qu'à ce moment-là, quand ils ont vu les torches de feu émerger de la forêt les unes après les autres.

— Et ils étaient nombreux ? a demandé Gégé.

— Des dizaines, mon vieux Gégé ; ils étaient des dizaines.

— Et les paysans qui les avaient appelés, ils étaient où ?

— Bien enfermés chez eux, tu penses. Ils avaient peur… Alors les brigands ont tendu les arcs qu'ils avaient apportés, ils ont calé les torches à l'emplacement de la flèche et ils les ont envoyées par-dessus les murs. Quelques-unes sont retombées à l'extérieur, dans les douves. Mais la plupart ont franchi les créneaux et ont atterri sur les toits. Personne n'a eu le temps de réagir. En un rien de temps, le château flambait. Les brigands ont lancé des cordes qui se sont accrochées aux créneaux et ils se sont hissés à l'intérieur. Réveillé en sursaut, le seigneur a tout de suite compris ce qui se passait. Il a bondi sur la cassette qui contenait son trésor et il a cherché à s'enfuir. Dans le couloir…

Ludo se tut un instant, mais même Gégé n'osa pas le relancer, pressentant que le plus terrible de l'histoire était encore à venir. Ludo reprit, à voix presque basse :

— Dans le couloir, un brigand lui faisait face. Il tenait un long poignard à la lame étroite. Il s'est jeté sur le seigneur, mais celui-ci s'est esquivé. La lame a effleuré sa poitrine et est venue taillader sa main.

— Alors, il s'en est sorti le seigneur ? a demandé Gégé.

— Eh bien, a dit Ludo avec difficulté… Eh bien, voilà. Le seigneur s'est retourné.

J'ai senti que Ludo hésitait à raconter la suite. Sa voix n'était plus tout à fait la même, comme si… comme s'il était lui-même en train de voir les événements se dérouler au fur et à mesure qu'il les décrivait.

— Le seigneur s'est retourné, a planté son poignard dans le cœur du brigand, a chancelé. Pour retrouver son équilibre, il a lâché sa cassette et s'est appuyé sur le mur, de sa main blessée…

— C'est pour ça, la marque de sang ! a bredouillé Gégé en suçant ses doigts avec encore plus d'énergie.

— Oui, mais…

— Raconte, ai-je coupé. Qu'est-ce qui s'est passé ensuite ?

— Ensuite, perdant son sang, il a traversé la cour. Tout le monde se battait et personne ne faisait attention à lui. Il a rejoint le donjon. Quand on s'en est rendu compte, il était déjà enfermé à l'intérieur.

Ludo s'est tu encore une fois et le silence a envahi la plate-forme. Soudain, le château m'a paru hostile et les bois tout autour porteurs d'une lourde menace. Comment avoir l'esprit en paix dans un endroit qui a connu d'aussi terribles événements ? Mais Gégé, lui, n'avait pas l'air impressionné.

— Et après ? a-t-il demandé.

— Au petit matin, tout était fini. Les brigands ont ouvert la porte du donjon : vide. Si souterrain il y avait eu, il s'était éboulé. Quant au seigneur, il s'était volatilisé, tout simplement.

J'ai demandé :

— C'est ça, ta légende ?

— Non. La légende, c'est avec la main rouge. Cette marque, elle avait disparu. Mais on raconte qu'elle réapparaît quand… quand…

— Quand quoi ?

— Eh bien, quand le seigneur revient.

— Le seigneur ! Mais il est mort depuis longtemps, le seigneur ! s'est exclamé Gégé avec son bon sens habituel.

— Oui, mais on dit que son âme n'a jamais trouvé le repos. Alors, certaines nuits, il revient… On ne sait jamais quand…

— Pouh ! Quelle histoire ! a dit Gégé ; ça m'a donné soif tout ça. Morgane, tu me passes ta gourde ?

— Elle est vide.

— La mienne aussi, a dit Ludo.

— Prends la tienne, Gégé !

— La mienne, euh…

Dans le clair de lune, j'ai vu mon frère prendre un air penaud.

J'ai crié :

— Tu l'as oubliée !

— Non, non ! Je l'ai ! Mais, euh… j'ai oublié de la remplir.

— Eh oui ! a dit Ludo, fataliste. La check-list disait « gourde », et pas « gourde pleine ». Alors Gégé, lui, il a juste pris une gourde. Vide.

— Oh ! Ça va ! a fait Gégé, vexé.

Mon petit frère, il a plutôt un bon tempérament. Mais quand il se sent en faute, il est capable de prendre la mouche et alors là… impossible de dire ce qu'il va faire.

— Tout à l'heure, tu as bien dit qu'il y avait un robinet à l'extérieur du château ? a-t-il demandé en se levant.

— Oui, mais tu ne vas pas…

— On ne va pas rester sans eau toute la nuit ? D'abord, j'ai soif…

Il a pris sa lampe, a serré son nounours contre lui et s'est dirigé d'un air très assuré vers l'escalier.

— Gégé ! ai-je appelé.

Ludo a posé la main sur mon épaule et a murmuré :

— Laisse-le. Il va descendre quelques marches et revenir. Tu paries ?

Nous avons vu le faisceau lumineux de la lampe de Gégé s'atténuer, puis disparaître. L'oreille tendue, j'ai guetté le bruit décroissant de ses pas sur les marches. En quelques secondes, ce fut le silence.

— Tu crois que… ai-je commencé.

À cet instant, un hurlement a jailli.

— Morga-a-a-a-a-a-a-ane ! ! ! ! Aaaaaaah ! !
Un claquement sec a suivi.
Et puis plus rien.

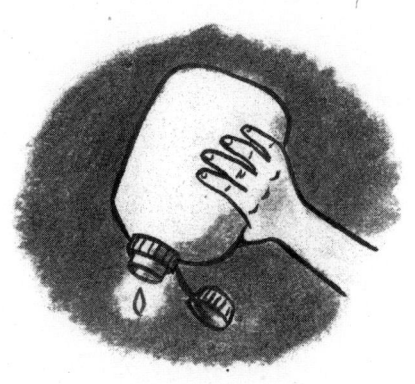

Chapitre 7

Enfermés !

— Gérald !

C'est comme ça. Quand j'ai vraiment la trouille pour mon petit frère, ou alors quand je suis très en colère contre lui, tout à coup, son vrai prénom me revient.

— Gérald, qu'est-ce qui se passe ?

Mon cousin a haussé les épaules.

— T'en fais donc pas, c'est une blague.

— Non, c'est pas son genre. D'abord, il n'est pas

aussi stupide que toi pour faire des trucs pareils.

J'ai bondi sur mes pieds et farfouillé dans mon sac à la recherche de ma lampe :

— J'y vais !

Ludo s'est levé à son tour :

— Euh… Moi aussi.

— Prends ta lampe, alors. On ne sait jamais.

Je me suis engagée dans l'escalier sans hésiter et j'ai commencé à descendre prudemment. Dans mon dos, j'ai entendu un choc sourd aussitôt suivi d'un juron.

— Attention, Ludo, ai-je dit. Le plafond est bas.

— Moui, je sais, a grogné mon cousin.

Cet escalier n'en finissait plus. À la montée, il ne m'avait pas semblé aussi long. Ni aussi étroit… Pour garder mon équilibre, j'ai dû poser ma main sur les pierres. Mais ce contact rugueux et légèrement humide m'a fait frissonner. Et pas trace de Gégé. Où avait-il trouvé le courage de descendre aussi loin ?

Je suis enfin parvenue dans la pièce du bas. Je l'ai balayée du faisceau de ma lampe et, juste au moment où Ludo débouchait à son tour, j'ai annoncé :

— Vide !

— Eh bien, tu vois, il n'y a pas de quoi s'inquiéter, il est déjà sorti…

— Il serait tombé dans l'escalier en bois ? ai-je avancé.

Je me suis dirigée vers la porte et j'ai essayé de l'ouvrir. Elle a résisté. Je l'ai secouée. Rien à faire. Ludo est intervenu :

— Pousse-toi. C'est pas un truc pour les filles, ça.

J'ai haussé les épaules avec dédain, mais je lui ai laissé la place.

Mon cousin a tourné la poignée dans tous les sens, donné quelques coups de pied et grogné :

— J'arrive pas à ouvrir…

C'est alors que je me suis rendu compte que…

— Ludo ! Regarde !

J'ai promené le faisceau de la lampe sur le sol.

— Quoi ? a jeté Ludo. Tu crois que Gégé va sortir du sol comme ça ?

— Sois pas complètement stupide. Il n'y a rien qui te choque ?

— Non… Nom d'une pipe ! L'oubliette !

Nous nous sommes regardés. Le sol de la pièce était parfaitement lisse. Il n'y avait plus aucune trace de trou, ni de grille, ni de rien. Comme si cela n'avait jamais existé.

— Elle y était bien quand nous sommes arrivés, ai-je dit comme pour m'en convaincre.

— Elle y a toujours été ! a dit Ludo. Toujours… Et cette porte…

— Ludo…

— Quoi ?

Mon cousin s'est tourné vers moi.

— Ludo, je crois que nous sommes prisonniers dans cette tour.

— Prisonniers ! Non mais t'es dingue ! Et de qui, d'abord ?

— Comment veux-tu que je le sache ? Ce que je veux, moi, c'est retrouver Gégé.

J'ai commencé à tourner tout autour de la pièce en promenant mes doigts sur les pierres.

— Qu'est-ce que tu fais ? a interrogé Ludo d'un air ahuri.

— Je cherche. Tu n'as pas entendu, juste après le cri de Gégé, comme un « clac ! ».

— Si, peut-être, je ne sais plus très bien…

— Manque de réflexe, mon vieux… Moi, je suis presque sûre. Il doit y avoir un mécanisme, quelque chose, un truc qui fait apparaître et disparaître l'oubliette. Dans les vieux châteaux, autrefois, il y avait toujours plein de machins comme ça.

— Tu veux dire que ton frère serait… là-dessous ?

— Ben oui. Où veux-tu qu'il soit ?

— Pris en sandwich ? a dit Ludo d'un air dégoûté.

— Arrête de dire des horreurs ! T'en as déjà assez fait comme ça. Tu ne te serais pas moqué de Gégé, il n'aurait jamais osé redescendre tout seul ici…

Tout d'un coup, j'ai senti une grosse boule monter dans ma gorge. Gérald… Mon petit frère… Et si on ne le retrouvait pas ? Ludo a clamé :

— Ah ben ça va être ma faute maintenant !

J'ai crié :

— Stop ! Aide-moi, il y a peut-être urgence.

— Mais tu es folle ! Il ne peut pas être là-dessous. Il doit être caché quelque part. Il nous fait une blague, oui, ton Gégé !

Ludo a fait un tour complet sur lui-même. La pièce était parfaitement ronde, pas très grande. Aucune ouverture en dehors de la porte condamnée et de l'escalier que nous avions emprunté.

— Alors ? Il est où d'après toi ? ai-je ironisé.

— Euh… a fait Ludo. On pourrait aller chercher du secours.

— Et comment on va sortir, hein ? T'as une idée, toi ? Moi, à part sauter du haut du donjon, je vois pas… Aide-moi, je te dis. Ce mécanisme, il doit aussi bloquer la porte.

Sans conviction, mon cousin s'est mis lui aussi à tripoter les pierres.

Plusieurs minutes se sont écoulées en silence. Je commençais à m'énerver lorsque, soudain, Ludo s'est écrié :

— Morgane ! Viens voir… Cette pierre, là. Elle bouge.

— Pousse-toi, ai-je fait en prenant la direction des opérations.

J'ai posé délicatement la main sur la pierre et j'ai appuyé. La pierre s'est enfoncée.

— Il se passe quelque chose ?

— Rien.

J'ai appuyé plus fort. Et soudain…

— Ah !

Ludo a fait un bond et s'est collé contre moi pour éviter la dalle qui, doucement, tout doucement s'ouvrait pour laisser apparaître…

Remis de sa frayeur, Ludo s'est penché au-dessus de l'orifice.

— Morgane, a-t-il dit d'une voix blanche. Ce n'est pas l'oubliette. Il y a un escalier.

— Fais voir !

En fait, on ne voyait pas grand-chose. Quelques marches qui s'enfonçaient dans le noir et puis plus rien.

J'ai appelé :

— Gérald ! Gérald !

Ma voix a résonné curieusement. Il n'y a pas eu de réponse.

— Gérald !

— Tu vois bien qu'il n'est pas là, a dit Ludo.

— Sans blague ! En tout cas, moi, j'y vais, ai-je ajouté d'un air décidé.

— Mais tu es complètement dingue !

— C'est toi qui as la trouille, oui. Gégé, c'est mon petit frère. Et s'il est là-dedans, je vais le retrouver. Tu fais quoi ? Tu viens ou tu restes ?

— Euh… Je viens…

— Bon, alors suis-moi et surtout, fais bien attention et ne touche à rien !

Je me suis engagée résolument sur les premières marches. Ma lampe éclairait un étroit boyau enserré entre deux murs de pierre. Il y avait juste la place pour une personne. Je n'ai pas eu le temps d'en voir plus. Quelque chose de lourd, de mou et de chaud m'est tombé dessus. J'ai plongé et je me suis étalée de tout mon long. Au-dessus, j'ai entendu : « Clac ! »

Enfermés !

Et voilà !
J'étais dans le noir total et j'avais très mal au genou droit.

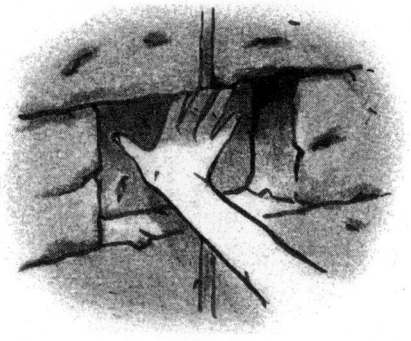

Chapitre 8
Sur les traces de Gégé

— Ouillouillouille !

— Qu'est-ce qui s'est passé ?

— Tu m'es tombé dessus, idiot. J'ai mal…

Ludo et moi étions affalés sur les marches, la tête en bas, l'un sur l'autre, moi dessous évidemment, et complètement coincés.

— Pousse-toi ! ai-je soufflé.

— Je ne peux pas, j'y vois rien.

— Mais bouge ! Tu m'écrases.

Ludo a commencé à s'agiter. Il a dû se cogner car je l'ai entendu gémir.

— Tu ne peux pas m'éclairer ? a-t-il demandé.

— Je ne sais pas où est ma lampe. Je crois qu'elle a roulé en bas quand tu m'es tombé dessus.

— La mienne aussi. Attends, je vais y arriver. Avance un peu vers le bas si tu peux.

À force de me tortiller, j'ai senti que je glissais doucement sur les marches de pierre. J'allais être couverte de bleus ! Et mon jean ! Dans quel état allait être mon jean ?

Une fois dégagée de Ludo, j'ai essayé de me retourner pour retrouver une position normale. Impossible : trop étroit.

— Ludo ! Tu es là ?

— Évidemment, a grogné mon cousin.

— Je rampe vers le bas. Fais comme moi.

Après quelques marches, ma main gauche a rencontré enfin un sol sableux, puis un objet métallique : ma lampe ! J'ai fait jouer l'interrupteur et la lumière a jailli. Elle marchait !

— Ludo, j'ai retrouvé ma lampe !

— Pousse-toi, j'arrive.

J'ai réalisé que nous étions au bas des marches et que l'espace était à présent suffisamment grand pour que je puisse me retourner et me relever.

J'ai éclairé mon cousin.

Il était étalé sur les dernières marches, la tête en bas, et essayait désespérément de reprendre une position normale. Une superbe bosse ornait son front et son bandana avait glissé jusque sous son nez.

— Si tu voyais ta tête ! ai-je fait.

— Tu t'es pas regardée.

C'est vrai, je ne devais pas être mieux. Et j'avais très mal au genou. Pas étonnant : mon jean était déchiré, toute la peau avait été arrachée et je saignais.

— Pouh ! T'as vu ton genou ! a dit Ludo.

— Pas beau. Mais enfin, qu'est-ce que tu as fabriqué ?

— Rien. Je t'ai suivie et tout d'un coup, j'ai vu que la trappe était en train de se refermer. Alors, pour ne pas la prendre sur la tête, je me suis jeté en avant.

— Sur moi.

— Pas pu faire autrement. Donne ton genou, je vais te faire un pansement.

— Avec quoi ?

— Ça ! a fait Ludo en ôtant son bandana d'un geste ample.

C'est que mon cousin, ça lui arrive parfois d'être chevaleresque.

Il a ajusté le pansement de fortune autour de mon genou, s'est redressé et a demandé :

— Et maintenant, qu'est-ce qu'on fait ?

J'ai éclairé le couloir qui s'ouvrait devant nous.

— On continue. Tu sais, Gégé a dû subir la même mésaventure que toi. Il a dû partir par là. Tiens, regarde, ta lampe. Ramasse-la et suis-moi.

Le couloir s'enfonçait en pente douce dans le sol. Il était plus haut et plus large qu'au début. Par terre, il y avait un sable grossier sur lequel nos pas ne faisaient aucun bruit.

Nous avancions doucement, avec circonspection, moi devant, Ludo derrière. Je l'entendais marmonner :

— C'est dingue, c'est complètement dingue…

Une forme grise a attiré mon attention. Je me suis baissée et je l'ai ramassée.

— C'est quoi ? a interrogé Ludo.

— Regarde…

Ma voix tremblait. Je ne pouvais pas en dire plus.

— Le nounours de Gégé !

J'ai avalé ma salive et j'ai dit, la voix pas très assurée :

— Tu vois, il est vraiment passé par là. Allez, viens, on continue.

Je me suis remise à avancer, d'un pas de plus en plus rapide. Et soudain… Je me suis arrêtée net. Évidemment, Ludo a trouvé le moyen de venir buter contre moi.

— Ouille ! Qu'est-ce qui te prend ?

— Chut ! ai-je fait en éteignant ma lampe. Tais-toi !

Dans l'obscurité revenue, une vague lueur avançait vers nous.

— Qu… Qu… Qu'est-ce que c'est ? a chuchoté Ludo.

— Chut ! Je ne sais pas.

La lueur a disparu d'un coup et nous nous sommes retrouvés dans le noir total.

J'ai murmuré :

— Recule. Doucement, sans bruit.

Mais nous étions bel et bien prisonniers ! Impossible de faire demi-tour, impossible de ne pas faire de bruit et, de plus, je sentais… comme une présence. Tout près. Un souffle chaud, une respiration, des pas précautionneux…

La lumière a jailli d'un coup en nous éblouissant.

Je n'ai eu que le temps de porter ma main au visage.

Chapitre 9
XIII-VII-MCCC

— Ah ! C'est vous ! a fait une petite voix.
— Gérald ! ai-je dit avec soulagement.
Et j'ai aussitôt ajouté :
— Bon sang, arrête de nous éblouir !
— Gégé ! On peut dire que tu nous as flanqué une sacrée trouille, a avoué Ludo tandis que mon petit frère abaissait sa lampe vers le sol.
— Vous aussi, a reconnu Gégé.
— Mais enfin, qu'est-ce qui t'est arrivé ?

— Je n'en sais rien. Je suis parti chercher de l'eau. Dans la pièce du bas, je me suis appuyé contre le mur. Et tout d'un coup, il y a eu un trou et je suis tombé dedans…

— Tu ne t'es pas fait mal ?

— Pas trop, aux fesses, c'est tout. Mais ça va. Après, j'ai voulu remonter, mais impossible. Ça s'était refermé. J'ai crié et quand j'ai vu qu'il ne se passait rien, je suis parti dans le couloir. Heureusement que j'avais ma lampe.

— Et il va où le couloir ? a demandé Ludo.

— Sais pas. Plus loin, il y a une petite salle et là, ça se divise en deux. Mais je me suis rendu compte que j'avais perdu mon nounours, alors, je suis revenu le chercher.

J'ai considéré mon petit frère avec émotion. Il n'avait pas l'air plus affolé que ça. C'est tout Gégé, ça : se balader dans des souterrains lui semble aussi naturel que de faire du vélo devant la maison. Et pour son nounours, il ferait n'importe quoi.

— Tiens, ai-je fait en lui tendant sa peluche. Le voilà, ton nounours.

— En revenant, a poursuivi Gégé, j'ai aperçu une lueur. Tout de suite, j'ai éteint ma lampe. Mais la lueur a disparu. Alors, je me suis approché tout doucement. Je ne pouvais pas deviner que c'était vous ! Je me disais que le mieux, c'était d'essayer de surprendre…

— On peut dire que tu as réussi, a grogné Ludo. Et maintenant, on décide quoi ?

Gégé et moi avons échangé un coup d'œil complice.

— Ben, on continue, tiens, a dit Gégé. De toute façon, par où on est entrés, on ne peut plus sortir. Et moi, maintenant que j'ai mon nounours…

À présent, nous étions trois à cheminer. Gégé devant, moi au milieu, Ludo en queue.

Nous sommes vite arrivés à la petite salle ronde.

Ludo répétait sans arrêt :

— C'est dingue ! C'est dingue !

— Pas très varié, ton vocabulaire, ai-je fait remarquer en éclairant les murs de la pièce.

Ils étaient bâtis en grosses pierres, exactement comme ceux du donjon. Et l'une de ces pierres portait une inscription. Je me suis approchée et j'ai appelé :

— Ludo ! Viens voir !

Des chiffres romains étaient gravés, bien en vue. L'inscription était usée mais parfaitement lisible : XIII-VII-MCCC.

J'ai demandé à Ludo :

— Tu sais traduire ?

— Euh… Oui… Normalement. Attends. La croix, c'est le 10, et chaque barre compte pour 1. Ça fait…

— 10, 11, 12, 13 ! ai-je murmuré. Et après ?

— Après… Le V, c'est 50… Non, non… c'est 5.

— Tu es sûr ?

— Sûr. Donc 5, plus deux barres qui comptent chacune pour 1, ça fait 5, 6, 7. Ça nous donne 13 - 7. Bon, le M c'est facile, c'est 1000. Et le C aussi c'est facile, c'est 100. Il y en a trois, alors ça donne… 1300 ! 13 - 7 - 1300, répéta Ludo. Ça nous avance à quoi ?

Nous nous sommes regardés. J'ai commencé :

— Je ne sais pas, mais il y avait la même inscription à côté de la main rouge, celle que Gégé a vue sur le mur quand on est arrivés.

— Tu es sûre ?

— Certaine.

— Ces chiffres… commença Ludo, c'est peut-être une date ? 7, ce serait pour juillet. Ça donnerait 13 juillet 1300.

— Aujourd'hui aussi c'est le 13 juillet ! claironna Gégé.

Ludo murmura :

— 13 juillet 2000. 1300-2000. Ça fait sept cents ans.

— Tu as toujours été doué en maths, ai-je remarqué. Qu'est-ce que tu as dit au sujet de cette main ?

— Que la trace revenait, on ne sait jamais quand…

J'ai pris deux minutes pour réfléchir, puis j'ai demandé :

— Tout à l'heure, quand tu racontais l'histoire des Cornes, tu nous as dit que l'âme du seigneur n'avait jamais trouvé le repos. C'est toi qui l'as inventé, ça ?

— Non, non… J'ai toujours entendu raconter cette histoire de cette façon… Mais quel rapport ?

— J'en sais rien… Mais pourquoi ? ai-je murmuré. Pourquoi n'aurait-elle pas trouvé le repos ?

— Parce que le seigneur était très méchant ? a suggéré Gégé.

— Peut-être…

J'ai poursuivi :

— La nuit de l'attaque des brigands, c'était la pleine lune, non ?

— C'est ce qu'on dit…

— Et c'était en quelle année ?

— 1300. Juillet 1300. Nom d'un chien, a conclu mon cousin, comme aujourd'hui !

— Et si cette trace revenait les nuits de pleine lune, ou pour un anniversaire… ai-je commencé.

— Un anniversaire ? Tu veux dire que…

— Que peut-être chaque juillet…

— Regardez ! a fait la petite voix de Gégé. Là aussi, il y a la trace d'une main rouge.

— Et là-bas aussi, à l'entrée du couloir de gauche ! a crié Ludo.

Il s'est tu aussitôt.

Depuis le couloir de gauche, quelqu'un arrivait. Lentement. Ses pas résonnaient. Là-bas, le sol ne devait plus être couvert de sable, mais de dalles. Une étrange odeur nous parvenait. Comme si quelque chose brûlait.

— Cette fois, ce n'est pas Gégé, ai-je bredouillé. Vite, cachons-nous !

— Mais où ?

— Je ne sais pas. Éteignons les lampes. Collons-nous contre le mur.

Nous nous sommes figés tous les trois contre ce qui nous sembla être la paroi la plus éloignée du maudit couloir. Nous n'avions qu'une idée : nous fondre dans ce mur. Mais bien sûr, c'était impossible. Alors il n'y avait qu'une chose à faire : arrêter de respirer et ne pas bouger.

Dans l'obscurité, une lueur tremblotait. Une lumière chaude et dansante qui projetait sur les murs et le sol des ombres mystérieuses.

J'ai senti la main de Gégé s'agripper à la mienne. Une silhouette venait d'apparaître.

D'abord, nous n'avons pas vu grand-chose.

Puis l'inconnu s'est avancé.

Il n'était pas très grand, mais plutôt robuste. Il marchait à pas lents. Dans sa main droite, il portait, haut devant lui, une torche allumée. C'est elle qui dégageait cette drôle de lumière et cette odeur que nous avions perçue avant même de deviner la présence de quelqu'un.

Il était curieusement vêtu : une espèce de culotte blanche assez sale, une grande chemise par-dessus, largement ouverte sur le cou. Et des bottes, des bottes comme jamais je n'en avais vu.

Il avait des cheveux longs, très emmêlés. Et un regard fixe. Comme si les flammes de sa torche l'attiraient irrésistiblement vers le couloir qui nous avait conduits jusqu'ici.

Un air de brute, la tête tendue en avant.

Il est passé devant nous sans nous voir, du même pas monotone.

C'est alors que j'ai remarqué son bras gauche. Il

était replié contre son buste, la main ouverte vers l'extérieur.

Une main ensanglantée qui gouttait sur le sol…

Chapitre 10

Fausse piste

Nous sommes restés collés contre le mur jusqu'à ce que le bruit et la lumière aient complètement disparu. Puis, en dirigeant le faisceau vers le bas pour en atténuer la puissance, j'ai allumé ma lampe.

Je me suis approchée de l'endroit où l'inconnu était passé. J'avais vu distinctement des gouttes de sang couler sur le sol. J'en étais certaine. Mais par terre, il n'y avait rien.

Aucune trace.

J'ai regardé mon frère et mon cousin. En parlant tout bas, j'ai demandé :

— Vous avez vu ? Sa main… Il saignait.

Gégé a clamé :

— C'est qui ce type ?

— Chuuuut ! avons-nous répondu en chœur.

— C'est qui ce type ? a-t-il répété en chuchotant.

Je lui ai répondu sur le même ton :

— On sait pas, Gégé. On n'en sait rien.

— On devrait s'en aller, a murmuré Ludo.

— Oui, mais par où ?

— Pas par là en tout cas, a dit Ludo en désignant le souterrain par lequel nous étions passés et où l'inconnu avait disparu.

J'ai considéré les deux autres couloirs.

— On prend celui par lequel il est arrivé, ou plutôt l'autre ?

— S'il est venu de là… a commencé Ludo avec hésitation, c'est peut-être qu'il mène quelque part.

En réalité, personne n'avait envie d'emprunter ce couloir, mais le raisonnement de Ludo était logique.

— Mais ce type… a recommencé Gégé.

Je l'ai arrêté :

— On verra plus tard. Allons-nous-en.

Nous nous sommes engouffrés dans le souterrain de gauche.

Il était beaucoup plus large que le précédent et effectivement dallé. Curieusement, aucune odeur ne subsistait, comme si l'inconnu n'était pas passé par là. Mais sur le mur, des traces de main ensanglantée ponctuaient notre avance et nous les désignions, l'une après l'autre, sans un mot. L'atmosphère était de plus en plus étouffante. Sans nous concerter, nous nous sommes mis à courir. Mais nous ne sommes pas allés bien loin : un mur bloquait le passage.

— Ce n'est pas possible ! a crié Ludo.

Mais si. Le souterrain s'arrêtait là, comme une impasse.

— Il doit y avoir un truc ! ai-je dit en tapant contre l'énorme dalle qui nous barrait le chemin.

Gégé est intervenu :

— Pas sûr. C'est souvent comme ça dans les souterrains. Il y en a un qui est une fausse piste. C'était l'autre, le bon.

— Gégé, tu as sûrement raison. Vite, demi-tour !

Nous sommes revenus sur nos pas en courant. Nous n'avions qu'une peur : croiser l'inconnu ! Mais heureusement, nous sommes parvenus sans encombre à la salle ronde et, sans perdre une minute, nous sommes repartis aussitôt dans le souterrain de droite.

Cette fois, le terrain remontait.

— On va sûrement vers la sortie ! a dit Ludo. Ça monte ! Ça monte !

— Attends, on n'y est pas encore, ai-je murmuré.

— Pourquoi tu dis ça ?

— Regarde !

Le terrain remontait, certes, mais ce souterrain-là était bouché lui aussi. Pas par un mur ; par un éboulement.

Cette fois-ci, nous étions vraiment prisonniers.

— C'est trop bête ! a fait Ludo.

— On est tout près de la surface, a dit Gégé. Regardez les racines des plantes. Peut-être qu'en grattant…

— Oui, Gégé a raison. Il faut essayer !

J'ai retiré une de mes chaussures et, m'en servant comme d'une pioche, j'ai attaqué l'éboulement à coups de semelle. Heureusement, la terre était assez friable et, très vite, nous avons été trois à creuser comme des fous.

— Ça va marcher, ça va marcher… répétait Ludo comme pour rythmer ses efforts.

Tout d'un coup, il s'est interrompu :

— Oh ! Et ça, c'est quoi ?

Ça, c'étaient des aboiements.

— Le chien du Toine ! C'est le chien du Toine qui est revenu ! a hurlé Ludo. Allez, mon chien, gratte ! Aide-nous !

Peu après, un museau chaud et humide venait se caler dans la main de Ludo tandis qu'un souffle d'air frais envahissait le souterrain.

L'extérieur ! Nous avions réussi.

Il n'y avait plus qu'à dégager un espace assez grand pour nous laisser le passage.

C'est Ludo qui, le premier, s'est agrippé au bord et, se hissant à la force des bras, a déclaré :

— Ça y est. J'y s…

Il n'a pas eu le temps de terminer sa phrase. Deux mains s'étaient glissées sous ses aisselles et le sortaient de terre sans ménagement.

Chapitre 11
À l'air libre !

— Nom d'une pipe, mais qu'est-ce qu'il fait là, ce gosse ?

La voix nous parvenait très distinctement.

J'étais en train de pousser les fesses de Gégé pour le propulser vers le haut, quand j'ai entendu mon petit frère demander tout naturellement :

— Et moi, m'sieur ! Vous voulez bien m'aider à sortir aussi ?

— Sacré nom de nom ! Il y en a un autre ! a fait

une voix plus grave.

Gégé a disparu à son tour et j'ai entendu Ludo prononcer :

— Euh… Il y a ma cousine encore. Ce serait gentil si vous pouviez lui donner un coup de main.

Nous nous sommes enfin retrouvés tous les trois à l'air libre. J'ai respiré avec délice. Cela sentait bon. Tous les parfums d'une nuit d'été au cœur de la forêt. Le chien du Toine dansait autour de nous et nous léchait le bout des doigts. Deux hommes nous regardaient d'un air perplexe.

— Mais enfin, les mômes, vous sortez d'où ? a demandé l'un.

— De là, a fait Gégé en tendant le bras vers le trou.

Et il a enfourné deux doigts sales dans sa bouche.

Je lui ai donné un coup de coude pour qu'il les retire, mais il n'a pas compris le message et a continué à les téter avec méthode.

— Et vous avez vu dans quel état vous êtes ! a dit le deuxième.

— Plein de terre, là-dedans, a jeté négligemment Ludo.

— Et la petite, là, elle est blessée ! a fait le premier en considérant mon genou.

J'ai secoué la tête bravement :

— Pas grave.

— On est loin du château ? a interrogé Ludo.

— Non. Trois cents mètres à peine. Mais ce n'est pas le moment d'y aller, on fait des repérages.

— Des repérages ? a répété Ludo.

— Oui, pour tourner, demain, de nuit.

— Tourner ?

Nous nous sommes regardés sans comprendre.

— Ben oui, quoi ! Et puis, arrêtez de répéter tout ce qu'on dit !

— Ça veut dire quoi, tourner ? a demandé Gégé en ôtant momentanément les doigts de sa bouche.

— Mais… filmer, a répondu le premier homme d'un air décontenancé.

J'ai compris d'un seul coup :

— Oh ! Vous faites partie de l'équipe du film ? Ce truc sur le Moyen Âge ?

— C'est ça, ce truc sur le Moyen Âge, comme

tu dis… C'est une fiction, et on veut tourner en décors naturels.

— Ça, pour être naturel, ça va être naturel, a ponctué Gégé.

— Mais enfin, vous faisiez quoi dans ces souterrains ? a repris le premier homme. Je croyais que tu avais tout bouclé après avoir posé le dispositif de l'oubliette, a-t-il ajouté en se tournant vers son collègue.

Celui-ci a haussé les épaules et dit :

— Moi aussi, je croyais. Mais Manu y est retourné dans l'après-midi. Il a peut-être oublié de fermer.

Petit à petit, les choses commençaient à s'éclairer, comme si les éléments d'un puzzle se mettaient en place. J'ai demandé :

— Quel dispositif de l'oubliette ?

— Un truc qu'on a installé dans le donjon… a expliqué l'homme.

Il m'a jeté un regard perçant :

— Vous y êtes allés, hein ?

Mais je ne suis pas du genre à me laisser impressionner.

À l'air libre !

— Une trappe qui s'ouvre sur l'escalier et qui bloque la porte en même temps, hein ?

Le deuxième homme s'est étranglé :

— Mais comment tu sais ça, toi ?

— Je te l'avais dit, Christophe, qu'il fallait interdire l'accès du château.

— Mais personne n'y va jamais ! s'est indigné le dénommé Christophe.

— La preuve que si, a fait l'autre en nous désignant du menton.

— Je crois que j'y vois plus clair, ai-je murmuré.

— Moi aussi, a fait Ludo.

— Vous m'expliquerez, hein ? a dit Gégé en dodelinant de la tête.

Je voyais bien que mon petit frère tombait de fatigue et que si on restait là, il allait tout simplement s'endormir sur pied.

— Et ce type, en bas… a commencé Ludo.

Mais en voyant l'air ahuri des deux autres, je l'ai interrompu :

— C'est par où le château ?

— Par là, a fait Christophe en désignant un

sentier sous les arbres, mais…

Il n'a pas eu le temps d'en dire plus. Je m'étais déjà élancée vers le chemin et, comme un seul homme, Ludo et Gégé m'avaient emboîté le pas. Une idée folle venait de me passer par la tête.

— Eh ! Attendez ! a crié Christophe.

Et je l'ai entendu courir derrière nous.

Quelques instants plus tard, nous avons débouché sur un éperon rocheux.

Les ruines des Cornes se dressaient devant nous. Juste derrière, il y avait la lune, ronde, blanche, énorme. Et tout autour, un ciel constellé d'étoiles, et le silence.

Nous nous sommes arrêtés, le souffle court, frappés de stupeur. Mon idée folle se vérifiait : le donjon des Cornes se détachait sur la lune. On devinait le moindre détail de ses créneaux de pierre. Mais le plus extraordinaire, c'était cette silhouette à son sommet qui brandissait vers le ciel une torche vengeresse.

Chapitre 12
Drôle d'acteur

— C'est quoi, ça ? Qu'est-ce qu'il fait là-haut celui-là ? a soufflé Christophe en nous rejoignant.

Nous aurions pu répondre. Dire que « celui-là », c'était le type que nous venions de croiser en bas, dans les souterrains, et qui était peut-être bien le seigneur disparu sept cents ans auparavant. Bien sûr, ils nous auraient pris pour des malades, ou pour des farceurs. D'ailleurs, nous n'avons pas eu le temps d'articuler une parole. Le collègue de Christophe a dit :

— C'est Mathieu qui répète, non ?

— C'est qui, Mathieu ? a demandé Gégé.

— L'acteur principal, a lâché Christophe sans quitter l'apparition des yeux.

J'ai échangé un coup d'œil avec Ludo. Dans son regard, il y avait du soulagement. Quant à moi, j'ai senti comme un poids qui s'ôtait de mon ventre, quelque part entre l'estomac et les intestins. Le tournage d'un film, un acteur qui répète… C'était donc ça ! Rien de bien effrayant.

Pourtant… J'aurais dû réfléchir un peu plus et ne me fier ni à mon intestin ni à ce que peuvent raconter un Christophe et son collègue.

Sur le donjon, l'énergumène continuait à brandir sa torche vers la lune.

Nous étions là tous les cinq à l'observer, plus le chien du Toine qui s'était sagement assis à nos côtés et qui paraissait lui aussi conquis par le spectacle, lorsque Gégé a dit :

— Mon nounours !

Il a tourné sur lui-même en regardant par terre et il a répété :

— Morgane ! Mon nounours !

— Qu'est-ce qu'il a encore, ton nounours ?

— Je l'ai plus !

Dans la voix de Gégé, il y avait déjà des larmes.

— Morgane… Il a dû… Il a dû… rester dans le souterrain.

— Quoi ! hurla Ludo. Mais c'est pas vrai !

J'ai haussé les épaules et j'ai rassuré mon frère :

— C'est pas grave, mon Gégé. On va aller le chercher. Tu te souviens où tu l'as laissé ?

— Euh… Dans la salle ronde, je crois. Oui, c'est ça. Je l'ai laissé tomber quand le type…

— Bon, ça va…

Je me suis tournée vers Christophe et son compagnon et leur ai demandé tout naturellement :

— Vous pouvez vous occuper de Gégé un petit moment, s'il vous plaît ? On revient. Ludo, suis-moi !

Je ne leur ai pas laissé le temps de répondre et je suis repartie dans le bois en courant. Dans mon dos, Ludo criait :

— Morgane ! Attends !

Mais il était bien obligé de me suivre.

Et le chien du Toine, tout excité par cette course dans la nuit, nous a emboîté le pas.

En deux minutes, nous étions à l'entrée du souterrain. Je me suis plantée devant mon cousin et je lui ai annoncé fermement :

— On y retourne.

— Euh… tu es sûre ?

— Certaine.

— Bon, d'accord.

C'est ça que j'aime chez Ludo. Au moment des grandes décisions, il est toujours partant.

Pourtant, je voyais bien que quelque chose le chagrinait. J'ai demandé :

— Ben quoi, tu hésites ?

— Non, mais… Regarde le chien…

Le chien du Toine était tapi sous un arbre, la queue entre les jambes, et il nous regardait par en dessous en gémissant. Ludo a appelé :

— Le chien ! Le chien !

Mais l'animal a vivement reculé sous le couvert.

— Tu vois bien qu'il est bizarre, ce chien ! ai-je dit. Déjà dans le château…

— Justement, il veut peut-être nous dire quelque chose…

— Mais non ! ai-je fait, excédée. Allez, ne perdons pas de temps !

Pourtant, pour une fois, j'aurais peut-être dû écouter mon cousin.

Ludo m'a aidée à descendre le long de l'éboulis et m'a rejointe en se laissant glisser sur les fesses.

— Et maintenant ? a-t-il demandé en frottant son pantalon.

J'ai allumé ma lampe que je n'avais pas lâchée :

— Maintenant, on retourne à la salle ronde. Fissa !

Nous avons emprunté le souterrain en courant. Nos pas résonnaient sur les dalles et la lumière de nos torches dansait sur les murs. Nous n'avions pas peur. Nous connaissions bien les lieux et le mystère avait été levé. Du moins, c'est ce que nous pensions…

Nous sommes arrivés à la salle ronde juste avant LUI.

Je cherchais des yeux le nounours de Gégé quand nous avons à nouveau senti l'odeur de brûlé. Ludo m'a flanqué un coup de coude dans les côtes.

— Mince ! Voilà le type qui arrive !

J'ai murmuré :

— On va le gêner, tu crois ?

— Sûrement. Il répète, il ne doit pas avoir envie d'être dérangé. Ça demande de la concentration ces trucs-là.

— Qu'est-ce qu'on fait ?

— On se met le long du mur et on le laisse passer. Tu as vu, tout à l'heure, il ne s'est rendu compte de rien. Il y a qu'à faire pareil. Oh zut ! a ajouté mon cousin. Le nounours de Gégé… Là-bas… L'autre va…

J'allais m'élancer pour le ramasser lorsque Ludo m'a retenue :

— Trop tard ! Laisse passer l'acteur. On le prendra après.

J'ai juste eu le temps d'éteindre ma lampe et de me coller avec Ludo contre la paroi. Déjà, le pas métallique et la lueur dansante avançaient vers nous. Contre moi, j'ai senti Ludo se crisper. On avait beau savoir que ce n'était qu'un acteur, quand même, ça flanquait la trouille.

Et puis, il y avait autre chose… Un détail qui tout à coup me revenait en mémoire : les gouttes de sang qui dégoulinaient de la blessure et disparaissaient comme ça, sans laisser de traces. Était-ce un effet spécial ?

L'inconnu a débouché du souterrain. Ludo m'a empoigné le bras. L'apparition était vraiment impressionnante. Son visage, surtout. Quel maquillage ! Et ces yeux… Comment faisait-il pour avoir ce regard fixe, hagard ?

Il a pénétré dans la pièce. Un pas, deux pas… Son bras gauche était toujours replié contre son corps, mais de là où j'étais, je ne pouvais pas voir si sa main saignait encore.

Trois pas, quatre pas…

Ludo a serré mes doigts plus fort. J'ai compris

le message : ce maladroit allait passer sur le nounours de Gégé !

Mais au cinquième pas, le pied lourdement botté de l'inconnu n'a pas écrasé la peluche. Non. Nous l'avons vu distinctement se superposer au jouet. C'est-à-dire que, le temps d'une seconde, la peluche de Gégé est apparue dans la botte de l'inconnu, comme si… comme si cette dernière avait été complètement transparente.

Transparente.

J'ai senti mes cheveux se dresser sur ma tête. Dans ma main, celle de Ludo est devenue moite.

Six pas, sept pas… L'inconnu a poursuivi sa progression à travers la pièce ronde.

Et s'il s'était retourné ? S'il nous avait découverts ? Mais en même temps, je savais que cela était impossible. En cette nuit de pleine lune de juillet 2000, celui qui cheminait si douloureusement dans les souterrains des Cornes venait d'une autre époque. Le nounours de Gégé ne l'avait pas fait trébucher tout simplement parce que, pour lui, il n'existait pas.

Huit pas, neuf pas… Cela n'en finissait plus. Et cette torche qui ne dégageait aucune fumée… et qui sentait malgré tout.

À l'entrée du souterrain de gauche, l'inconnu a chancelé. Allait-il faire demi-tour ? Non. Il s'est résolument engagé dans le couloir.

J'ai attendu quelques instants avant de rallumer ma lampe en orientant la lumière vers le sol. Mes jambes étaient toutes molles. Mécaniquement, j'ai fait quelques pas. J'avais un drôle de goût dans la bouche. Comme une envie de vomir.

Ludo n'avait pas bougé. Il m'a regardée me pencher au-dessus de la peluche de Gégé. Mes doigts l'ont effleurée. Oui, elle, au moins, était bien réelle. Je l'ai ramassée et je l'ai serrée contre moi, puis je me suis tournée vers Ludo. Il était incapable d'articuler un mot. Lentement, je me suis dirigée vers le couloir de gauche. On distinguait encore une lueur et le bruit des pas sur les dalles…

Sans trop savoir ce que je faisais, le nounours de Gégé blotti contre mon cœur, j'ai emprunté à mon tour le couloir. Ludo m'a rattrapée en deux bonds, mais quand il a posé sa main sur mon épaule, je n'ai même pas tressailli. Il a murmuré :

— Où tu vas ?

J'ai secoué la tête :

— Tu vois bien…

— Mais tu es folle ! Il faut partir !

J'ai serré le nounours contre moi comme un talisman. À cet instant, rien n'aurait pu me faire reculer. J'ai murmuré :

— Il a peut-être besoin d'aide, Ludo… Tu as vu son regard ?

— Mais… Morgane… C'est un… un…

Il n'a pas osé prononcer le mot.

Et il m'a suivie, plus pour ne pas rester seul que par conviction.

Devant nous, la lumière dansait. Une odeur âcre s'en dégageait qui s'évanouissait aussitôt. Le claquement des bottes sonnait sur les dalles et, sur le mur, les empreintes rouges continuaient à nous narguer.

Ludo avait glissé sa main dans la mienne.

Je mourais de peur mais, pour rien au monde, je ne l'aurais avoué.

Nous sommes enfin arrivés à la dalle qui bloquait le passage. L'inconnu s'est arrêté. Il a levé la tête et, dans un effort terrible, il a essayé de déplier son bras gauche. Au bout de sa main droite, la torche tremblait. Ses yeux s'étaient posés sur un point précis, juste à hauteur de son épaule, et tout son corps était tendu vers ce point sans pouvoir faire le moindre mouvement.

Ludo a serré mes doigts.

— Qu'est-ce qu'il fait ?

J'ai secoué la tête. Je n'en avais pas la moindre idée. Mes yeux me piquaient à force de fixer le blanc de l'ample chemise de la haute silhouette qui nous tournait le dos. Mon bras gauche était replié sur mon cœur, comme le sien, mais moi, c'était pour protéger le nounours de Gégé. J'étais tellement crispée que j'en avais mal aux muscles.

J'ai suivi son regard. Sur un bloc de pierre, une empreinte était gravée. On aurait dit une main ; une main gauche. C'était cela que les yeux vides fixaient, cette main qui ressemblait à celle, ensanglantée, qu'il serrait contre son buste.

Je me suis approchée. J'avais soudain l'impression que tout cela n'était qu'un rêve et, comme c'est souvent le cas dans les rêves, ce que je devais faire m'apparut clairement.

J'ai fourré le nounours de Gégé dans les bras de Ludo, et je me suis faufilée entre le mur et l'inconnu. Naturellement, l'inconnu ne s'en est pas rendu compte. Je me disais vaguement que j'aurais pu le traverser, tout simplement, comme sa botte avait traversé le nounours de mon petit frère. Mais jamais je n'aurais osé faire un truc pareil. Non. Au contraire, j'ai bien pris garde de n'effleurer aucune partie de son corps.

À présent, j'étais coincée entre l'homme et la dalle de pierre. L'empreinte était au-dessus de moi, sur ma gauche. J'ai levé le bras, me suis dressée sur la pointe des pieds… Trop petite. Comment allais-je procéder ?

Le bas de la dalle qui fermait le souterrain était orné d'une moulure assez large. Il suffirait peut-être de monter dessus. Oui, mais… si elle n'était pas assez solide. Et si je glissais… pire encore : si je tombais en arrière ? Bon, de toute façon, il n'y avait pas vraiment d'autre solution.

De la main droite, j'ai pris appui sur la dalle, en m'agrippant à un interstice entre deux pierres. J'ai posé mon pied droit sur la moulure, j'ai contracté mes abdominaux, je me suis hissée. Ça avait l'air de tenir. J'ai posé mon pied gauche sur la moulure.

J'étais collée contre la dalle, la tête tournée vers la gauche, la pierre froide éraflant ma joue droite. Dans mon dos, j'entendais la respiration de Ludo. Il devait se demander ce que j'étais en train de faire, sans oser ni poser la question ni intervenir. Moi, j'avais une intuition si forte qu'elle s'était transformée en certitude : il fallait juste lever le bras. Le bras gauche, et placer ma main dans l'empreinte. LUI, l'inconnu qui restait figé derrière moi, n'y arriverait jamais. Il devait avoir l'épaule fracturée ; ou le poignet. En tout cas, il n'était pas en mesure de faire ce geste.

J'ai pris une grande inspiration et j'ai levé le bras, doucement, tout doucement. Ma paume s'est incrustée parfaitement dans celle gravée dans la pierre, puis mes doigts, l'un après l'autre, jusqu'à en épouser parfaitement la forme. J'ai senti quelque chose d'étrange, comme une vibration. Puis j'ai appuyé légèrement. C'est à cet instant que mes pieds ont dérapé.

D'un coup, j'ai glissé vers le sol en tombant brutalement sur mes talons. J'étais terrifiée. Tellement terrifiée que, sans réfléchir, protégeant ma tête de mes bras d'un geste instinctif, je me suis vivement faufilée entre le mur et l'inconnu pour me retrouver à côté de Ludo.

Heureusement…

Car la dalle avait commencé à basculer. Et derrière, il n'y avait rien. Ni lumière, ni obscurité. Le vide. Un vide infini.

La dalle s'est encastrée dans le plafond, silencieusement. Alors, depuis ce vide étrange, un souffle puissant est venu. D'abord à peine perceptible, il a enflé soudain, balayant le souterrain. Ludo et moi avons fait deux pas en arrière, en clignant des yeux. Nous avions l'impression d'être au sommet d'une montagne avec un vent à décorner les taureaux ébouriffant nos cheveux et faisant claquer le tissu de nos vêtements. Sauf qu'il n'y avait aucun bruit.

L'ouragan venu d'ailleurs a encore grossi. J'ai eu l'impression qu'il allait arracher mes habits puis me décoller du sol. Il aurait fallu s'enfuir. Mais je voulais voir, et d'ailleurs, fuir, nous en étions bien incapables.

L'inconnu n'avait pas bougé, comme si ce vent étrange ne le concernait pas. Il a poussé un profond soupir.

Il a avancé.

Un pas, puis deux, puis trois…

Il a franchi le seuil et est resté là un instant, sa torche très haut levée vers l'éternité, comme suspendu dans le vide… La torche s'est éteinte.

Pendant quelques secondes, il ne s'est rien passé, puis j'ai entendu distinctement la dalle pivoter sur elle-même pour se remettre en place.

Et ce fut le silence.

— Morgane ! a fait une voix.

— Ludo ! ai-je murmuré.

— Morgane ! Tu es où ?

— Là. Je n'ai pas bougé. Allume ta lampe.

— Oui.

Le halo jaune de la lampe de Ludo a balayé le sol. Nous nous sommes regardés. Nous étions seuls.

— Tu n'as rien ? a demandé Ludo.

— Non, je ne crois pas.

Pourtant, je frissonnais.

J'ai levé les yeux vers la dalle. Elle était telle qu'elle avait toujours été, bien scellée dans le mur. Sur quoi ouvrait-elle ? Je savais que je n'aurais jamais la réponse à cette question. Elle garderait son secret. D'ailleurs… D'ailleurs, j'ai cherché en vain l'empreinte dans laquelle j'avais glissé ma main. Elle n'y était plus.

— Pourquoi tu as fait ça ? a demandé Ludo.

J'ai haussé les épaules :

— Il fallait bien l'aider…

D'un geste mécanique, j'ai repris le nounours à Ludo. Sacré Gégé, sans lui, rien de tout cela ne serait arrivé ! Mais alors, qu'aurait fait l'inconnu, tout seul, paralysé devant la dalle ?

Dans ma tête, les idées bouillonnaient. J'essayais de comprendre et j'avais peur de la conclusion à laquelle j'allais parvenir.

Nous avons rebroussé chemin à pas lents.

— Regarde, ai-je dit à Ludo en montrant les parois : les taches de sang ont disparu…

— Oui, a répondu Ludo. C'est bien fait, leurs trucages…

Leurs trucages ? Sur le moment, j'ai cru que Ludo faisait de l'humour. J'aurais pourtant dû savoir que mon cousin n'était pas vraiment doué dans ce domaine.

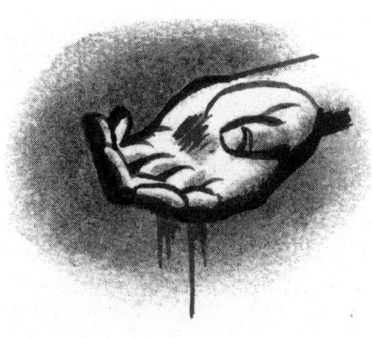

Chapitre 13
La malédiction

Quand mon oncle et ma tante sont rentrés, le lendemain à midi, tout était en ordre. Nos vêtements étaient roulés en boule dans le panier à linge sale et nous avions tous pris une douche.

Gégé, qui s'était endormi dans les bras de Christophe pendant que Ludo et moi retournions dans le souterrain, avait l'air en pleine forme.

J'avais mis mon short vert avec le tee-shirt assorti et l'énorme pansement que Ludo avait entortillé autour de mon genou était parfaitement réussi.

— Morgane ! s'est exclamée ma tante. Ton genou ! Qu'est-ce qui t'est arrivé ?

— Pas grave, ai-je répondu. Tombée de vélo.

Mais ma tante avisait déjà la superbe bosse violette qui ornait le front de mon cousin :

— Oh ! Et toi, Ludo ? C'est quoi, ça ?

— Pareil. Vélo.

Il m'a jeté un coup d'œil et a précisé :

— On était sur le même.

— C'est malin ! Et Gégé, il n'a rien, lui, au moins ?

— Non. Lui, il nous regardait…

Depuis notre sortie du souterrain, Ludo et moi avions tacitement évité d'aborder le sujet de l'inconnu. Nous avions récupéré Gégé, les affaires laissées au sommet de la tour, et nous étions rentrés directement. Je m'étais jetée sur mon lit et m'étais aussitôt endormie d'un sommeil sans rêves.

À présent que j'étais réveillée, douchée, reposée, je n'arrêtais pas d'y penser. Et je répétais aussi dans ma tête les paroles de Ludo : « C'est bien fait, leurs trucages. » Mais une petite voix me disait que le vide sidéral qui s'était présenté à l'inconnu quand la dalle avait basculé n'avait rien d'un trucage.

À un moment, ma tante a dit :

— Il fait un temps superbe aujourd'hui. Ludo, tu devrais emmener tes cousins aux Cornes.

— Euh… bof… On n'a pas très envie… a répondu Ludo.

Et il s'est empressé d'ajouter, tout content d'avoir trouvé cette excuse :

— D'ailleurs, il y a ce tournage de film, tu sais… Je crois qu'on ne peut pas y monter en ce moment.

Deux jours plus tard, alors que nous allions chercher le pain, une moto a stoppé à côté de nous.

— Tiens ! Christophe ! s'est exclamé Gégé comme s'il ne connaissait que lui.

— Salut, les gosses ! Ça va ? Tenez, a-t-il ajouté en désignant le passager assis derrière lui, je vous présente Mathieu, l'acteur principal du film.

— Ah ! a fait Gégé, les yeux brillants, c'est vous qui étiez en haut du donjon, l'autre soir, avec la torche ! C'était hyper génial…

La gorge sèche, j'ai dévisagé Mathieu… Était-ce bien lui cette silhouette qui se détachait sur le rond de la lune, ou était-ce un autre… l'inconnu du souterrain ? Ou les deux ne faisaient-ils qu'une seule et même personne ? Mais Mathieu a répondu tout naturellement :

— Oui, je voulais répéter. On a tourné la scène le lendemain. Ça devrait bien donner…

J'avais le sentiment de faire vraiment une drôle de tête, mais Gégé enchaînait déjà :

— Et dans le souterrain, vous marchiez d'une façon… Comment vous faites ça ?

J'ai vu Mathieu froncer les sourcils sans comprendre.

— Mais, dans le souterrain… a-t-il commencé.

Je lui ai coupé la parole :

— Excusez-nous, m'sieur, mais faut qu'on aille au pain, sinon il n'y en aura plus. Tu viens, Gégé ?

Et sans attendre de réponse, je les ai plantés là.

Ludo et Gégé m'ont emboîté le pas, Gégé tout excité répétant :

— Il est bon ce type, hein Morgane ? Tu te rappelles, dans le souterrain ? On aurait dit le vrai seigneur…

— Oui, Gégé, ai-je murmuré. On aurait dit le vrai.

Je ne suis pas retournée aux Cornes et je ne peux pas oublier ce que nous avons vécu. Deux ou trois fois, j'ai essayé de parler avec Ludo de ce que nous avions vu. Il a éludé la conversation, se contentant de dire qu'aujourd'hui, c'était incroyable tout ce qu'on pouvait faire dans un film et qu'il avait hâte que celui-ci passe sur les écrans. Je crois qu'il a peur de la vérité. Je n'ai pas insisté. Il a une bonne fois pour toutes analysé cette affaire à sa façon – une façon qui lui convient et le rassure – et oublié ce qui le dérangeait. Il n'y reviendra pas.

Moi, je ne suis pas sûre de la connaître, la vérité. Mathieu a pris l'apparence du seigneur des Cornes pour grimper sur le donjon et répéter. Ça, c'est certain. Mais dans le souterrain, il y avait quelqu'un qui n'était pas Mathieu. Un autre seigneur qui ne nous voyait pas, qui ne nous entendait pas et dont les bottes n'ont pas réussi à écraser le nounours de mon petit frère. Quelqu'un qui avait l'air de souffrir.

Alors, j'échafaude une histoire : celle d'un seigneur des temps anciens, si impitoyable envers les habitants du lieu que ceux-ci ont fait appel aux brigands pour s'en débarrasser. Par une nuit de pleine lune, les brigands ont incendié le château, mais le seigneur a réussi à s'enfuir, abandonnant tous ses trésors. Blessé, il s'est réfugié dans les souterrains qu'il connaît bien. Il sait que l'un d'eux le conduira loin, à l'air libre. Pour cela, il lui faut gagner la dalle qui ferme le souterrain et actionner un mécanisme secret en plaçant sa main gauche dans l'empreinte gravée dans la dalle à cet effet. Mais rien ne se déroule comme prévu. Le brigand a blessé le seigneur à la main gauche, l'empêchant à tout jamais d'effectuer le geste qui lui aurait donné la liberté. Alors, le seigneur s'est vu condamné pour tous ses crimes à errer indéfiniment dans les souterrains de son château... À la date anniversaire de la nuit fatidique, il refait le chemin parcouru, se heurtant chaque fois au même obstacle, comme une malédiction.

Sept cents ans ont passé. C'est le temps qu'il fallait pour que Ludo, Gégé et moi nous trouvions là au bon moment ; pour que je puisse aider le seigneur des Cornes, en actionnant le mécanisme à sa place, à se débarrasser de la malédiction qui pèse sur lui...

D'autres fois, je me dis que cela est impossible, que j'ai dû rêver, que personne ne revient nulle part sept cents ans après avoir disparu, que j'ai trop d'imagination, que j'invente des histoires, que tout cela ne tient pas debout. Ou alors, j'essaie de me convaincre que Ludo a raison : tout n'était que trucages, mis en place par l'équipe du film.

Mais au fond, je crois que dans la vie – et dans la mort – bien des choses demeurent inexpliquées. C'est en tout cas ce que cette histoire m'a enseigné.

Hélène Montardre

Toute petite j'ai su que je voulais écrire. On me lisait les histoires qui sont dans les livres, je trouvais ça magique. De là à me dire que je pouvais faire la même chose – écrire moi aussi des histoires qui deviendraient des livres – il n'y avait qu'un pas… je l'ai franchi en grandissant.

Nous passions nos vacances dans les monts du Forez. Loin à l'horizon, au sommet d'une colline, il y avait deux tours : les Cornes. Nous y montions, par les chaudes après-midi de juillet. L'ancien château était en ruine, envahi par les ronces. Très haut sur un mur, on voyait une trace rouge : une main ensanglantée. Mon père me racontait que lorsqu'il était petit, la trace y était déjà, laissée là par un seigneur maudit assassiné par des brigands. Il parlait aussi des souterrains qu'on n'avait jamais retrouvés…

Je retourne souvent aux Cornes. Le château a été nettoyé et les visiteurs y viennent, plus souvent qu'autrefois. La pluie a fini par effacer la trace de la main rouge, mais par les nuits de pleine lune, qui sait ce qui se passe entre les murs millénaires…

Du même auteur :

Aux Éditions Nathan
L'ogre aux quatre vents, collection « nathanpoche ».
Persée et le regard de pierre,
collection « Histoires noires de la mythologie ».

Chez d'autres éditeurs
Un chien contre les loups, Rageot, collection « Cascade ».
Amies sans frontières, Rageot, collection « Cascade ».
Ours en cavale, Syros, collection « Tempo ».
Au pied du mur, Milan, collection « Milan poche junior ».
Hilaire, Hilarie et la gare de Saint-Hilaire, Milan, collection « Milan poche junior ».

Hervé Duphot

Quand je dessine j'aime jouer avec les ambiances.

Quoi de plus ennuyeux qu'un bel après-midi d'été, noyé de soleil. C'est quand la nuit tombe que le mystère peut vraiment s'installer.

Je prends une couleur sombre et je recouvre le papier. J'ajoute la lune, pleine et pâle. Ça commence à devenir inquiétant. Puis viennent quelques arbres dont les branches dégarnies disparaissent dans l'obscurité. Je trempe mon pinceau dans du jaune-orangé et j'ajoute une torche. Les flammes rougeoyantes éclairent le visage de quelque personnage inquiétant. Quel méfait va-t-il commettre ?

J'ai pris un malin plaisir à plonger nos trois héros dans l'obscurité humide des souterrains. Armé de mes fusains et de mon encre de chine, j'ai noirci le décor. Seul le blanc du papier, celui de leur lampe de poche pouvait les sauver. Alors allaient-ils réussir à s'en sortir, rejoindre la lumière belle et calme, celle d'un bel après-midi d'été sans problèmes ?

TABLE DES MATIÈRES

1. En route 5
2. Drôle de rencontre 11
3. La main rouge 15
4. L'oubliette 23
5. Pleine lune 29
6. La nuit des brigands 37
7. Enfermés ! 47
8. Sur les traces de Gégé 57
9. XIII-VII-MCCC 63
10. Fausse piste 73
11. À l'air libre ! 79
12. Drôle d'acteur 85
13. La malédiction 103